무늬

황금알 시인선 132

무늬

초판발행일 | 2016년 7월 15일

지은이 | 유정자
펴낸곳 | 도서출판 황금알
펴낸이 | 金永馥
선정위원 | 김영승 · 마종기 · 유안진 · 이수익
주간 | 김영탁
편집실장 | 조경숙
표지디자인 | 칼라박스
주소 | 03088 서울시 종로구 이화장2길 29-3, 104호(동숭동, 청기와빌라2차)
물류센타(직송 · 반품) | 100-272 서울시 중구 필동2가 124-6 1F
전화 | 02)2275-9171
팩스 | 02)2275-9172
이메일 | tibet21@hanmail.net
홈페이지 | http://goldegg21.com
출판등록 | 2003년 03월 26일(제300-2003-230호)

ⓒ2016 유정자 & Gold Egg Publishing Company Printed in Korea

값은 뒤표지에 있습니다.

ISBN 979-11-86547-41-0-03810

무늬

유정자 시집

황금알

삶과 죽음, 그 경계를 들여다볼 때마다 대상에 대한 측은지심이 샘솟곤 한다.

긴 잠에서 깨어나 잠시 내 볼을 쓰다듬고 가신 어머니 손길처럼 삶이란 환한 흔적을 남기고 지워져 가는 것.

그 발자국 끝엔 영역을 벗어나 무無로 환원되는 평화로운 경지 잘 산 사람만이 잘 죽을 수 있다는 걸 늘 일깨워 주는.

그 경계를 내다보며 신중히 살아가고자 소중한 흔적들을 시집으로 엮는다.

이 시집을 펼치는 손길들이 측은지심의 눈길로, 대상을 바라보며 온전하게 사랑할 수 있기를 빈다.

2016년

유정자

차 례

1부

2부

3부

4부

1부

서시

이삭줍기
그림처럼 나타나 비닐하우스를 만들고 사라진 여인
머문 손길 스미는데
잔물결로 반짝이던 비닐하우스
세 고랑이 살갗처럼 벗겨져 있다
바람은 맴돌고
햇살 잔잔한 5월
덮인 이불 발로 차인 듯
가슴이 시려 온다 지금도
청량산 밑 단독주택 대문 앞
빨간 우체통
입을 열어 숨결처럼
세상의 통로를 연결하리라
창밖 동그랗게 허리 말고 열중하던
여인의 그림자
길 밖 벗어나면
되돌아 펄럭일 수 없는 검은 망토
아직은 돌아볼 수 있는
그 동그랗게 허리 말고 열중하는 여인과 나의

시간과 공간과 그 상거相距와 빛과
부유하는 언어와 색色과 열熱
내가 그녀를 훔쳐보고 있다

무늬

무성했던 날들
시래기에 묻힌 밭
광활한 하늘
밟고 간 자리
찬바람 무서리에도
아랑곳없이
길게 누워 잠자는 밭이
고른 숨을 내쉰다
씨앗을 품고
싹이 트고
튼실한 열매 가득 머금던 저 밭
다 내주어도 아깝지 않다는 듯
열정을 뿜어냈던 자리
무늬가 곱다
희끗희끗 내리는 눈발에 비친 내 그림자
아직 완성되지 않은 발자취가
멋진 무늬를 이루자며
힘차게 속삭이는
환한 아침이다

연상聯想

단풍잎에 마늘을 싸먹었나
타오르는 저 단풍,

회膾 한 점 마늘 싸먹고
뜬눈으로 새운 그 밤

내 위벽胃壁에 찍힌
화인火印 같은 동굴 벽화

맵다, 저 단풍

사랑

쏟아지는 햇살
황홀경에 취한 대지
여름내 지켜 온 옷고름을 스스로 푼다
조용조용 살며시
나 여기 있소, 예서제서 홍조를 띠고
노랗게 붉게 달아오르는 제 몸을 드러낸다
황금의 눈빛 속에
어우러진 한낮
쿵쿵 설레는 산허리 심장 소리
귀를 쫑긋 기울이며
흔들리는 갈대
잇몸을 드러내고
태평가를 부른다

낙하

생의 절정을 맞아 스스로 황홀해진
나뭇잎, 저 절정의 몸동작을 보아라
장엄하고 엄숙한
절정의 순간들을
사뿐히 뛰어넘는 저 슬기를 보아라
부는 바람에
웃으며 날아가는 저 표백漂白의 몸짓에
생의 절정 새겨진
저 황홀경의 체취
보아라
남아 있는 잎새마다 저 요염한 눈빛
세상에서 가장 아름다운 절정에 달한
저 신음하는 몸매
바람결에 휘이휘이
요동을 친다
떨어진 나신裸身 위에
새겨져 있는
저 요염한 생의 굴곡
저 요염한 파란波瀾의 일직선一直線

강

뒤안길엔 늘 강이 있다

교회의 종소리가 산허리 휘감으면
어스름한 저녁 온 마을이 흔들리고
사람들은 저마다 눈빛이 순연했다

출렁이는 푸른 심연,
그 속에 너울지는 환한 영상들이
강 속 깊이 잠수해
손을 흔든다

햇살 받아 눈부신
강 표면에 닿아
하루 또 하루 내려 쌓이고
빗장 걸린 물결 속
여울져 흐르는 발자취

손을 휘저어도
닿을 수 없는

거리에서
수초처럼 나부끼는
맑은 영혼들

포로처럼 일렬로 서서
부나비처럼 강물로 뛰어든다
오던 길 돌아보면
그 저녁 함께 흔들리던 사람들
하나둘 강이 되어
꽃잎처럼 웃고 있다

연민

평지에서의 단조로움은 애당초 원치 않았다
늘 춤을 추게 하는 길이라야 직성이 풀렸고
어느 장단에 맞춰야 할지 몰라 허둥거리다가 지푸라기
를 잡는 묘기 앞에서는
손뼉까지 쳤었다

공장에서 쏟아내는 굴뚝새의 화신들이
접힌 날개로 연신 허리를 꺾으며 날아가고
기세등등해진 대기의 찬 기운이 레깅스 다리 위로
매섭게 달려들 때
소나기에 흠뻑 젖었던 날들을 만나기 위해 버스를 탔다

강철로 여문 젖은 날의 기억들은
더 이상 추위에 굴복하지 않았고
추위를 조롱하듯
잠자리 날개 같은 꽃분홍 스카프를 보란 듯 내둘렀다

지난날의 나처럼
소나기를 피해 가는 그녀에게

고개 너머 평지에 환한 진달래밭이 있을 거라고
진달래꽃 같은 스카프를 연신 휘날렸다

부동산에서도 차 안에서도 은행에서도
내 진달래밭 예찬에 끄떡이던 그녀,
희망 한 다발 선물할 수 있었다면 이 밤,
진달래 꽃술처럼 길게 매단 내 속눈썹이 외롭지 않으
리라

바람 한 점 머물다 가는 간이역 같은 내 집
소나기를 피해 가는 사람과
소나기를 피해 오는 사람
사연의 골짜기를 넘겨다보며

상행선, 하행선 기차역의 간수처럼
화사한 스카프를 깃발처럼 흔들었다
더 이상 내 길에 무모하게 추는 춤은 절대 없을 거라고
서약을 하듯 도장을 꽝 찍었다

둥둥

아카시아가 한창이다
하얗게 매달린 향기 주머니로
헛헛한 가슴에
잊고 있던 5월의 푸르름을 눈뜨게 한다
수없이 피고 지던 아카시아,
향과 함께 버선 모양의 하얀 그 꽃잎
아스라이 눈 감고도 떠올릴 수 있는 이 각인된 흔적

지난 세월 곁에서 함께했던 사람들의 모습이
생사의 갈림길에서 혼란스럽다
멀리서도 풍겨 오는 아카시아 향처럼
떠올리는 순간
손짓, 몸짓, 표정들 다 향기 되어 그대로 전해 오는데
살다 보니
누가 떠나고 남아 있는지
그저 둥둥 북소리뿐이다

지금 내겐
바람처럼 지나간 세월은

둥둥 북소리로 남아 있을 뿐이다

한바탕 어우러져 북을 치다가
또 그렇게 사라져 가는 현재

영원히 다시 만나 북을 칠 수 없는 사람들이
유유히 흐르는 세월 속에서
점차 늘어가고 있다

아스라이 눈감고도 떠올릴 수 있는
이 각인된 흔적들

별

밤새 바다를 점령하던 청어의 매끄러운 등이
별빛에 반사된 듯 청아하게 빛나던 새벽이었지
기억의 휘장 넘어 여명이 밝아 올 무렵
아, 난 보았었어
스테파네트 아가씨와 목동의 설렘,

드넓은 우주 공간을 헤치고
설악산 대명콘도 꼭대기 층에서
숨죽이며 내려다본 내 눈 속에
알퐁스 도데는 지상에서 가장 아름답게 바라볼 수 있는
'별'을 선사했던 거야

스테파네트 아가씨도 목동도
옆에서 곤히 주무시던 엄마도 그 모두를 포함한 인생
은 동전의 양면

아, 내 기억의 휘장을 거둬 내면
그 청아하게 빛나던 새벽 향기를 타고
지상에서 가장 맑고 성스러운 사랑이 펼쳐진다네

그래서 내 기억의 휘장을 들춰낼 때마다
밤새 바닷물로 제 빛깔을 닦아내던 청어의 등처럼
푸른빛의 동전 하나 등대처럼 빛나고 있지

뒷면으로 사라져 간 사람들은
다시는 나오지 않아

스테파네트 아가씨도 목동도
기억의 휘장 안에선 아름다운 사랑의 빛을 뿜어내고
있지만
내가 본 것은 푸른 초원의 별빛에 반사된 환상뿐이었
다네

별이 되었을까, 그 새벽 곁에서 곤히 주무시고 계시던
한때 스테파네드 아가씨 같았을 울엄마도

본능

해질녘
돌기둥에 앉아 신호를 기다리시는 할머니
허리는 굽고
주름진 얼굴엔 붉은 노을, 긴 그림자 흐르는데
챙 큰 모자에
커다랗게 둘러쓴 보자기

잡고 있는 핸디카에 어둠은 깃드는데
등 굽은 할머니
챙 넓은 모자 위에서
깃발처럼 보자기가 펄럭이고 있다

투망처럼 쳐 놓은 내 시의 그물 속
펄떡이는 은어 하나
뉘엿뉘엿 넘어가는 햇살 아래
음영화법陰影畵法처럼
순발력 있는 입체감으로 생을 노래한다

얼굴 가린 그 마음은

세월에도
변하지 않는
도도한 삶의 물결이며 본능이던가

이 산, 저 산 진달래 개나리
멀리서 목련은 지는데
꽃은 져도 나무는 변함없다고

길 건너
푸른 물줄기 뿜어 올려 휘휘 늘어진
수명을 알 수 없는 저 버드나무

하루

매운 공기 속
아침이 밤이 되어 납작해진 하루
더는 쪼갤 수 없는
어둠의 공간에서
헤드라이트 불빛이 길을 밝힌다
웅크린 대지 위를 휘감고 돌던 바람이
꼭꼭 닫은 창 틈새를 비집고 든다

스핑크스의 뜨거운 입김이
뿌옇게 서린 차창
아침에는 네 다리로, 낮에는 두 다리로, 밤에는
세 다리로 걷는
생의 길목

바람은 오이디푸스의 음성
두 다리로 서 있는 이 낮도
바람처럼 빠르게 밤에 닿으리라

고대古代부터 오늘날까지

휙휙 달려 등 돌리는
순간의 광휘光輝

아침인가 싶더니 어느덧 밤이 된
밤에는 네 다리, 세 다리
아침에는 또 네 다리, 여섯 다리

섬광처럼 스치는
불빛이 휘황하다

무 無

휘영청 밝은 달빛
문득
길모퉁이 넘던 그날
자꾸 고개가 돌아간다
모락모락 피어오르는 연기처럼
추수 끝낸 밭 한 귀퉁이
여기저기
동그랗게 여울져 내 시선을 끌어당긴다
내가 거기 있다
태우고 간 것들
모서리를 더듬기도 전에
당도한 길들이 너무 가깝다
손에 잡힐 듯 바로 지척이
30년 전, 20년 전…
여기저기서
불쑥불쑥 손짓하는 환영幻影들
암흑처럼 지워진 깜깜한 벌판 그 어디쯤
보름달처럼 비치는 환영을 찾아
나는 오늘도

아스라이 눈을 감는다
기억날 듯 잡힐 듯
언저리를 맴돌며
강강수월래 강강수월래
아련히 나락 타는 내음
그래, 선명한 해후는 아니더라도
허허벌판 날아가 버린 연기 속에
깊숙이 들이쉴 수 있는 날들
이 정도면 족하지
내가 거기 있다

동행

홀연, 강江을 훑는 바람
잔잔히 스며드는 추상같은 달빛이여
하늘하늘 피어오르는 고운 숨결이
여기저기서 풀꽃처럼 흐드러진
눈매 부드러운 이 아침
구름은 사통오달 태산준령처럼
한없이 폭신한 양 떼의 봉분
어젯밤 두 마리 떠나 보내고
홀로 남은 어항 속 물고기
눈 시리게 와 닿는 슬픈 몸짓 위로
아 하면 어
처마 밑 낙숫물 떨어지듯
더욱 청아하게 들려오는 소리
멀리서 가까이서 함께
발자국을 찍어내는 벅찬 이들이여

아 하면
어 물속에서 그 입술이

단련

백 년 된 전통 가옥,
안마당 연못 속 잉어 열 마리, 청둥오리 네 마리
잉어들 등 위로 무늬가 파여 있다

키우려고 쏟아 부은 금붕어를 삼켜 버린 오리가
갸우뚱 갸우뚱 잉어 등을 쫀다
날렵해진 잉어가 곡예를 한다

나무 판넬 속에서 숨을 고르고
시련을 피해 쏜살같이 헤엄친다
먹이가 될 수 없는 거대한 먹잇감
비로소 체념한 오리들은 시큰둥해졌다

잉어의 훈장이 물살 속을 가른다
단단해진 생명줄 꼿꼿하게 거머쥐고
평온해진 물속에서
자신의 세계를 점령해 나간다

유연하게 단련된 등위로 햇살이 빛나는 날
문득, 내 등을 살펴보고 싶었다

투영

꽃잎을 떨구어 낸 나무마다 초록이 짙다
미처 떨구지 못한 꽃잎 몇 장이 젖은 창호지처럼
나풀대며 붙어 있는 목련,
꽃을 피웠을 때에야 비로소 눈길을 끌던 나무들이
이제 꽃을 떨구었음에도 온전히 눈에 들어온다

어떤 꽃이 피었었을까, 나무를 보면 알 수 있듯이
어떤 꽃을 피웠었을까, 사람을 보면 안다
제 속에 간직해 둔 꽃을
나무든 사람이든 이제 보면 알 수 있을 것 같다

창밖,
푸르른 잎새들이 바람에 하늘거린다
속으로 고여든 저 나무들의 향기가
창 안에 있는 내 마음에 아늑히 스며든다

어느덧 올망졸망 피었던 노란 산수유 꽃이 파랗게 흩
어지려 한다

위안

지난여름 그 뜨겁던 날들이
작별하며 새겨 준 화인火印
길가에 널브러진 안구, 동공, 매미들의 시체, 안구, 동공
화인을 더듬으며 비로소
돛을 높이 올린다
따사로운 햇살
찰랑찰랑 수면에 닿아 있는 금빛 이 생生
저 끝의 붉게 타오르는 노을빛이 두렵지 않다

풍랑까지 귀여운 생의 바다
이 아름다운 물결 위를 유랑하며
어기야 어차

아득한 곳, 저 멀리 바다 끝엔
길가에 널브러진 안구, 동공, 매미들의 시체, 안구, 동공
껍질로 남아 있는
평온한 매미

때

우물물을 뒤집는
통곡 소리
잠이 깨어 나가 보니
장례식장
담장 밖으로
눈빛 맞추는 대추
세상 문이 열리고
세상 문 닫히는 미로
거울 저편으로
알알이 영근 대추
담장 밖으로
쏟아지고
비 그친 새벽

2부

새

어미 새의 날갯짓이 하늘빛을 가른다
깃털을 털어낼 때마다
허공이 갈라진다

갈라진 틈새마다
새끼들의 화음 소리
분연히
떨치는 날갯짓
허리춤이 휜다

새끼들의 벌린 입이
자꾸만 눈에 밟혀
분주한 날갯짓 번뜩이는 눈빛으로

저, 황혼까지 이어지는 어미 새의 노래

긴장

안개가
안개가 거대한 해삼의 내장처럼
내장을
안개 속에서 또 다른 안개 속으로
나를 뿜으며 사라졌다, 새벽 다섯 시의
전화벨은 덜컥 안개의 속눈썹을 흔들어 놓는다
경옥이가, 나 외삼촌이다, 네 엄마 병원 어디라고 했
지?
어머, 외삼촌님이세요?
시어머니 묘소를 집안 어른
밭에 모시고 오랫동안 전화를 못 드린 나는 잠시 안개
속을 몽유한다, 맨발로
명료하게 한 마디, 전화 잘못 거셨는데요, 거기, 경옥
이 아이가
거기 경옥이 아이가, 전화 잘못
거셨다구요, 딸깍, 안개가 낼 수 없는 소리가
딸깍, 뭔가 뚜껑을 닫는 소리로 안개가
사자死者의 입김 같은 아침이다
안개가

탑승

밤새 소리 없이 눈을 흩뿌리고 하늘이 맑다
멈출 수 없는 세월
열차는 고요한 정지화면 속도감을 마비시켜
휙휙 지나치는 바람소리 듣지 못한다, 환한 태양빛에
눈은 곧 사라질 것이다, 지나고 나면 하얗게 지워져
버리는
안개강 같은 길목처럼
다시는 되밟아 볼 수 없는 길 위에 서서

일생 단 한 번, 내릴 수 있는 열차를 타 본 사람들만이
누려 볼 수 있었던 길을
나도 따라 이어가고 있다

상고시대, 삼국시대, 고려시대, 조선시대…
임진왜란, 병자호란, 3·1운동, 해방, 6·25
2000년 밀레니엄, 2009년, 2016년…

이 끝없는 행진 속
점점점점점점점점점점점점 점들 사이에서

곧 2016년 3월

나무가 꼿꼿하다
파랗게 힘줄 돋은 줄기 위에서
나무의 심장
고동 소리 맥박이 뛴다

상고시대, 삼국시대, 고려시대, 조선시대
2000년 밀레니엄, 2016년…
무수한 점이 점점이 명멸明滅하는
궤도를 따라
이 무한천공의 별,
은하수

차창 밖 원룸 지붕엔 두 개의 환풍기가 열심히 돌고 있다
뱅뱅뱅뱅뱅
열차는
지나쳐 온 길들을 휙휙 지워내고 있다

달무리

어머니의 육신이
마비되어 있었다, 정지된 시간 속
초인적인 힘으로 눈꺼풀을 들어올린 순간
맑은 눈동자
장강長江에 쏟아지는 달빛이었다
장강이 흐른다

"잘 살아야 한다"

달빛은 너무 맑은데
초점 잃은 내 눈이 흐리다

의식을 끌어모아
어머니 남기고 간 것
보름달 옆 달무리가 무한히 깊다

간절곶

바람이 쟁기질할 때마다 바다는 허물을 벗겨낸다
아내와 아이들이 바다에 나간 가장의 무사 귀환을
간절히 염원하던 바다
그 앞에 서서
감긴 실타래처럼 술술 풀어내는 절실한 외침
연신 벗겨내고 또 벗겨내는 바다의 속살이
거울처럼 맑다
어느 고운 영혼의 입김인가
우체통 하나 장승처럼 세워 둔 곳
그저 막연히
의식의 깃대를 세우기도 전에
절실한 것들이 올올이 일어선다

오장육부 기계처럼 고장날 수 있는 그 모든 장기가
세상 다하는 날까지 안전할 수 있기를
가족의 그 안위를 몇 번씩 쓸어안고
곧추세운 등뼈처럼 중심에 세워 둔 곳
잔잔한 햇살이 금빛으로 내려앉아 속살대는 그곳
그 첫해 뜨는 길목

그가 사라졌다

이렇게 볕 좋은 날
그는 어디로 갔을까
용현동 석탄 나르는 철둑길 사이
숲을 이룬 오솔길
벤치 옆에 움막 하나 웅크려 놓고
어슬렁 어슬렁
검은 도포 피난처인 양
우듬지 이룬 머리 벙거지에 구겨 넣고
밤거리 밤보다 더 진하게
그림자의 그림자 같던
그는 어디로 사라진 걸까
초점 없는 퀭한 눈으로 사람들을 외면해도
스스로 뒷골 땡겨 잰걸음하게 하던
그가 사라진 지 오래
뻥 뚫린 그의 그림자 속
빛의 동굴
검은 동공처럼 한 자리에서 붙박여 환하게
길게

어디나 낯설 듯한 그 발바닥으로
봄, 여름, 가을, 겨울…
몇 해였나
철둑길, 때에 절은 점 하나 찍어 놓고
누렇게 절어 휘적휘적 사라진
그의 긴 그림자

시카고 통나무집

시카고 변두리 그 어디쯤엔
새들의 시낭송으로 하루가 열리는,
날마다 시를 흡입하는 작은 통나무집 그림처럼 세워져
있네

고요함과 적막함으로 다져진 시의 텃밭에선 알차게 여
문 시의 씨앗들이
오소리의 발자국에도 사르르 전율하며
시의 영감靈感을 펑펑 터뜨리고 있다네

그곳을 지나는 가슴마다
시의 씨앗이 옮겨붙어 시인이 된다는데
친구 한 명 너무 벅차 그 씨앗을 나한테로 분양했다네

흰 눈 쌓여 아름다운 그 집에선 지금 백설공주와 일곱
난쟁이가 놀고 있을까
그리움에 짓무른 눈으로 바느질하고 있을까, 솔베이
지가
구름의 언어 같은 시의 조각들만 불 꺼진 방에 자욱하

게 모여 환하게 조합해 줄 주인을 기다리는지도 몰라

가볼 수 없는 헛헛함 속에
시의 씨앗을 몽땅 빠뜨려 버렸다네
헛헛함 속에 피는 꽃은 갈증을 동반한다는데

그 집에 닿아 보면 해와 달, 별과 함께
친구 맺어도 될 것만 같은데 갈증으로 목마르게 하는
시카고의 거리는 나에겐 영영 아득하기만 하네

웅도리

봄볕 따사로운 오후,

건너편 섬마을이 한가로이 휴식을 취하고 있을 때도
갯벌은
게, 조개, 낙지들의 정담 속에서 연신 들썩이고 있었다

바닷물이 빠지면
사람들은 길을 건너고
아낙들이 조개, 낙지를 캐며 산다고
땅에 펌프를 묻고 있던 뭍의 남자와 귀고리를 매달고
한껏 신이 난 듯한
아주머니가 이야기한다

바닷속을 닮은 길엔
오늘따라 해풍만 불고
바닷속에 묻혀 있던 이야기들이 고즈넉한 섬을
휘돌아 감싸는데

물이 들어오면 육지로 연결된 길도 묻히고

바닷속 이야기도 또다시 푸른 물에 잠식된다는
웅도리

70여 호의 집들이 순하게 엎드려 있는 오후

건너편에서 넋을 잃은 나를 향해
이미 확인을 초월해 버린 감각이 넘실거리며 파도를
탄다

등 뒤엔
삼 년 전에 그곳으로 이사했다는 어떤 부부의 기와집
늘 탄성이 허공에 걸쳐 있다고
자기는 오래 살아서 모르겠다는 아주머니 신바람에 귀
고리를 딸랑거린다
해송이 있던 자리 반듯하게 밭을 이룬 황토 흙,
석양을 따라 붉게 물들

그 눈에 선한 풍경들

침묵

활짝 핀 민들레들의 호흡
햇살이 노랗게 부서진다
지상의 특별한 한 광야에서

불어오는 바람에 제 몸을 맡겨
가장 아름다운 한때를 만끽한다

지켜보는 내 눈이 점입가경이다, 치솟는
힘찬 몸놀림이
샛노랗게 빛나는 공터

하얗게 맺혀 오는 넋을 대동하고 날 준비를 하고 있다
풀밭 사이
개미의 행렬
제 몸보다 큰 등짐을 지고
부지런히 사라진다

책갈피가 바람에 날려 펄럭인다
소나무 가지 머리를 스치는 길목 저 끝에서 다시 이 끝

으로
　천지의 기氣가 온몸을 휘감는 동안
　환호하는 민들레의 깃발
　무한천공에서 울리는 공활한 통筒을 듣는다
　통 안에서 흘러나오는 쩌렁쩌렁한 폭포 소리를 듣는다

　언젠가 비 오는 아침
　아스팔트 위에서 죽어간 지렁이의 몸놀림이
　거역한
　경고의 말씀, 태양이
　압착壓搾하는 천지
　열린 귀에 환하게 피어오르는
　아지랑이의 파편破片

　그날 밤, 배다리 버스 정류장 담장 위
　라일락도 귀 기울이며
　향기로 즉답卽答을 한다, 담장 너머 만경창파
　새로운 큰 그림을
　더욱 크게 그린다

단풍

온 천지,
햇살 가득 검은 휘장
아득히 쏟아지는데
빨강으로 노랑으로
노랑, 빨강 등불을 켠다

햇살보다 환하게
색색色色의 고운 알몸

가방 멘 아이들
재잘대는 거리마다
한 잎, 두 잎 떨어져
융단처럼

바람에 지는,
떨어지며 입술에 닿는
나무에서 가슴에서
아뿔싸, 어느새
담쟁이에서…

길옆,
아파트 화단
돌로 만든 원탁 옆
낙엽 수북한 그 벤치에 나를 앉혀
시를 쓰고 싶었다

눈감기 전
노인老人의 반짝 빛나던 그 눈빛처럼

그 빛이 모여
노랗게, 빨갛게 햇살보다 환하게,

온 천지
햇살 가득 검은 휘장
빨강으로 노랑으로

운명

물이 말라가는 저수지
가장자리엔 아직 피난 떠나지 못한 피라미들뿐,

손바닥만 한 붕어들이
앞다투어 모여들었을 깊은 곳에서
웅성거리며 새어나오는
군가 소리, 동요 부르는 소리

그러나 한 달 전 출렁대던 저수지의 물은
보이지 않게
점점
빠져나가고 있다

돌아오는 길
차창 밖엔 차에 실려 가는 커다란 젖소 두 마리
귀 뒤엔 번호표를 하나씩 붙이고
껌뻑이는 큰 눈망울
갈 길을 알고 있다는 듯

희망

비가 그쳤다고 매미가 단성을 지른나
맴맴맴맴매엠
목청이 더욱 높다
비가 많이 와서 힘들었다고
끝마무리 악센트가 유난히 우렁차다
비가 멎고 환해진 거리
빗속에 잠겼던 세상이
물에서 건진 하늘이다
잠시나마 기지개를 켠다
환한 가슴을 열어젖히며
내가 맴맴맴맴매엠 탄성을 지른다

유리창

흔들리는 촛불 너머
투명 유리창

반짝반짝 빛나는 금반지
안고 온 꿈에
흔들리듯 오셔서
바느질해 주시던 어머니

운전면허 땄을 때도
마냥 좋아하시더니
이번 결정 축하한다
반지까지 선물하신다

아침저녁으로
투명하게 딸을 보시려고
유리창
닦고 계신 내 어머니

문^門

눈이 올 듯 흐린 하늘
뿌연 밤하늘 밑에 가로등이 켜져 있다
야심한 이 밤까지 길게 꼬리 이었을 헤드라이트
분주한 일상, 모두가 문 밖에서의 일이다
회색빛 육중한 그 문
저 하늘 어디쯤 그 문이 있을까
할아버지, 할머니, 아버지, 어머니까지
홀홀히 열고 들어가신 그 문
환한 세상 빗장 걸고 들어가신 문 밖에선
세상의 분주함이 여전히 소꿉장난한다
도토리 키재기
고만고만한 일상들이 때론 폭풍우처럼
지나고 나면 아무것도 아닌 물거품들이
정겹게 둥둥 떠다니는 곳
이 문을 열고 또 한 분
친구 시어머님께서
눈물강 홀연히 밟고
안으로 들어가신다
저 하늘 어디쯤에 그 문이 있을까

고려산

진달래
진달래색 치마 입던 새색시 적 어머니처럼 다소곳이
때를 기다리고 있었고
억새 우거진 산중턱
내가면內可面 고천리古川里 이정표가 발길을
전신을 휘감는다
잉크 냄새 풍기면서 수많은 이력서에 본적으로 써 오던
내가면 고천리,
바람 한 점, 구름 한 점 없는 하늘빛에
오이밭 오이 따다 물에 던지며 물에 뜬 그 오이 잡으러
가던 한 소녀를 맑게 그려 넣는다
고려산,
고구려 연개소문이 태어났다는 전설은 나는 모른다
단지,
그 아름다운 산, 그 위에서 내가 태어나고 자라던 곳
여기였나, 저기였나 살던 집 찾아볼 수 있다는 것,
수많은 솔방울이 어린 날
갖고 놀던 딸랑딸랑 방울소리 울려준다는 것
소풍 가던 언니 따라 적석사積石寺로 향하던 작은 발걸

음이
　바람에 실려 온다는 것,

　길 없는 산허리 휘감아 돌아오던 길,
　가지마다 은하수처럼 방글방글
　소녀들이 길을 내준다

　산처럼 순한 사람들이 산 아래서부터 또 하나의 산이
되어 오르고
　가지 사이를 헤치고 미끄러지며 밟던 낙엽
　곳곳에 산재한 고인돌처럼 내 속에 깊이
　千古의 뿌리를 내린다, 잔설殘雪 삼엄한
　봄이 오는 길목 산 허리춤에
　발자국을 찍어 놓았다
　진달래 만발할 때쯤
　진달래 꽃잎 같은 우리의 발자국
　능선마다 계곡마다 나를 반기리

갓바위

저마다 풀어야 할 숙제를 안고
인생의 고갯길을 자분자분 넘던 사람들이
한마음으로 절을 올린다

촛불을 밝혀 놓고
간절하게 풀어내는 소망들이 오로라를 형성해
갓바위 부처님 귓속으로 무지개다리를 만들어낸다

한 계단, 한 계단 오를 때마다
가슴으로 번져 오는 애틋한 사랑은
대대손손 엎드려 빌고 또 빌다 사라져 간 세상 어머니
들의 마음

온 산 가득 영험한 기운
세월에 이끌려 자연스런 모습을 하고
한때 소녀였던 어머니들이 그 명맥을 유지해 간다

자신의 아기를 살리고자 암 투병을 마다하고 떠난
외국의 어느 어머니 보도를 기억하듯이 동서고금

자신의 안위를 위해 갓바위를 찾은 어머니는 없을 것
이다

꽃바람 애련한 한낮
올올이 풀어내는 소망을 타고 딸의 얼굴이
눈물 속에 얼비친다

사랑 가득 눈시울을 붉혀 놓은 채
무지개다리를 건너고 있는
모성의 염원

환희

어항 속
허공으로 뿌리내린 사과 씨 세 개
싹이 터
쭉쭉 뻗은 등대가 되고
물고기 세 마리 신기한 듯 툭툭 건드려 본다
재미가 붙어
툭툭
옳거니,
한 세상 살아간다고
너희도 늘 새로운 즐거움에 기뻐하는구나
너희들 익살에 등대의 허리가 휘어져 버렸구나
우수 지난 어항 밖은 아직도
꽝꽝 얼어붙은 개구리알 같은 어항인데, 너희들은

3부

보름달

온 천지,
세상은 지금 모성의 눈빛으로 가득차 있다
감각의 손길을 타고
때 이른 줄기들이 파랗게 꽃대궁을 피워 올린다
버스 안에서 눈길 위에서 운동장에서

환한 눈빛으로 세상을 밝혀
축구 차는 젊은이들 더욱 신날 때
휘장을 박차고 달덩이 같은 아기가
힘찬 울음을 터뜨릴 것 같다

시골 창호지 달빛 물든 날
그렇게 나도
울음을 터뜨렸겠지

입언저리로 함박꽃이 피어난다
꽃대궁을 피워내며 웃고 있는
만삭의 엄마

원願

나는 늘 먼 곳을
꿈꾸고 있다, 눈앞에 햇살 반짝이는
강이 흐르고 밤이면 하늘에서
별빛이 쏟아지는 곳,
미소 가득 피워내는
풀꽃 어우러진 산책로
나의 숨결이 아늑하게 번져 오는
그런 곳으로
어느 날 훌쩍
연어가 되어 거슬러 올라가는
이미 지나온 길
돌아올 수 없는 날들 꿈꾸어 무엇하겠느냐
어린 날 젖어 있던 편린들이 잔잔하게 서릿발처럼 일
어서면
그 빛을 찾아 아늑하게 젖어들어
소리 없는 미소
강을 타고 잔잔히 흐르게 하고 싶은
이 흐린
비 오다 멈춘 날
나의 영혼

마음의 부자

고요하게 음악이 흐르면
마음은 어디로 향하는가
끝없는 벌판
광활하게 펼쳐진 대지
가도가도 끝없는 평원,
훨훨 펼쳐지는 내 영혼의 날개

하늘샘 찾아 물 한 모금 마셔 보고
잔디에 누워 푸른 숨도 쉬어 본다
마음의 출입구가 거기 있었구나
혼신의 연주에 귀 기울이니
저 끝없는 평원을 향해 열려 있는 통로

닿았던 감촉 부려 놓은 마음이
내려다본 이 세상
한때 붉게 타오르던 단풍잎이
메말라 바람 속을 유랑하고 있다
떠나가는 모든 것들 위에
발자국을 남기리라

힘껏 찍으리라

음악의 통로를 되돌아나와
일상의 정겨움으로 젖어드는 마음
저 고요한 세상
이 분주한 일상
마음껏 유랑하는 이 마음이 내 마음이라니
내 것이라니…

후각

수레바퀴 밑에서 햇살이 튄다
마차를 탄 듯 덜컹거리며 살아온 삶의 길목
때론 조각난 흔적들이 유리알처럼 반짝이며
연줄에 걸린 방패연처럼 팽팽하게 그날들을 끌어당긴다

한 줄기 바람으로 머물다 떠난 자리
무지갯빛 환영으로 빛을 내는 순간들
나를 잊지 마세요
함초롬히 손짓하며 청사초롱 내다 건다

동암역 플랫폼 자판기
우유 한잔 빼서 마실 때마다
벚꽃처럼 목련처럼
하얗게 나부끼는 그날의 초상肖像

버터로 구운 토스트 냄새와 분유로 탄 우유
분분히 휘날리다 깊숙이 스며든
숭의동 스케이트장 그 언저리

코를 벌름이던 어린 날의 반짝임 속
맛있는 풍경 하나
깊이 음미하고
급하게 달려오는 용산행 급행열차에 쏜살같이
몸을 싣는다

훗날 돌아보면
꽃마차 같을…

인생

하룻밤 사이 환해진 거리
별유천지비인간
아침 창을 두드린다, 데칼코마니
찍어 볼 수 없는 이 생
거리 위로 단풍이 곱다
땅 밑 세계를 볼 수 없는 나무처럼
생 저 너머 건너가 볼 수 없는 반쪽 인생
가끔 가려워도 긁을 수 없는 가슴속 깊이
빛이 만발한다
비가 오는 거리 위로
하나둘 낙엽이 뒹굴고
세상은 온통 축제 중이다
저 비 내린 거리 밑으로
뿌리내린 세상, 충분히 빛깔 띤 나무가 곱다
이 아침, 작은 창을 통해 본 세상은 오직,
별유천지비인간
느낄 수 있는 가슴이 있어
볼 수 있는 세상
반쪽이면 족하다

나그네

보슬비 내리는
풀섶마다
튀는 바람결
아침부터 내린 비에
하얀 개망초
민들레 지난 길목
성큼성큼 뒤따라와
훠이훠이 나부끼는 무명옷
삼천리 방방곡곡
깃발을 꽂고
개울물 같은
함성을 퍼뜨린다
철쭉마저 밟고 지난 밤
비에 젖어
머문 발길
숨결이 곱다
가신 님 뒤밟아
사라져 갈
저 눈부신 큰 그림자

세월 1

문은 열려 있다
그 문을 통해 하염없이 가고 있다
나는 가만히 있는데 나를 밀고 가는 자 누구인가
여기 앉아 꼼짝하지 않았는데
나는 벌써 세 시간을 왔다
어디론가 방향 없이 흘러가는 지금
항거할 수 없는 그 힘에 의해 나는 지금 어디로 가는가
살며시 맞고 있던 열네 살 봄에서 삼십 해를 훌쩍 넘게
한 힘
엊저녁 나물 캐는 처녀를 흥얼거리며 대체 그 처녀는
몇 살이냐고 묻던 딸처럼
그 처녀는 영원히 나물 캐고 있는데 자기는 힘겹게 공
부한다던, 딸처럼,
딸아, 돌아보면 너도 훌쩍 와 있을 텐데
나는 그대로 있는데
나를 이끄는 힘, 과연 무엇일까
나를 끌고 온 힘, 그것은 나를 끌고 갈 힘
가만히 있어도 나는 간다
하염없이 간다

세월 2

지팡이를 짚고 내려오는 할아버지
그 곁에 가지를 구부려 또 다른 지팡이가 되어 주는
나무,

그랬었구나
휘지 않은 나무는 단 한 그루 찾아볼 수 없었으니
이리 휘고 저리 뒤틀며 내공을 길러냈구나
보통 수령 100년쯤 살아왔을 소나무,
굽은 등으로 더욱 단단해진 표피
할아버지의 메마른 손등이
나무껍질을 닮았겠구나

저 구불구불 휜 소나무를 휘감고
구불구불 빠져나가는 바람 한 자락처럼
빗물도 눈물도
저 구불구불한 줄기를 따라 흘려보내며

그렇게 한평생 만고풍상을 살아왔구나
바람조차 다소곳한 오늘을 향해

세월 3

모진 바람 그 강추위에 엄마 날아가며
긴긴 겨울 들녘에서
엄마는 내내 찹쌀벼를 찾아 논바닥을 헤매셨다
딸의 오랜 고질병엔
찹쌀벼를 태워 뜨겁게 탄 물이 그렇게도 좋다나
그해 겨울 내내
대야엔 온통 검은 물로 출렁거렸다

비가 멎고
바람 선선한 오늘 같은 날,
엄마는 난생처음 깊은 잠에 빠지셨다, 코를 묻고
매서운 코끝으로 찹쌀벼를 찾으시던
펄펄 나는 꾀꼬리 같던 엄마,
주저앉은 볏단처럼
힘이 없으시다

그해 겨울
엄마가 헤매셨을
볏단 사이에서

찹쌀벼를 찾으시고 환호하신 그 모습이
쏟아지는 별빛
낭랑한 은하수다

유랑

엄마의 지갑 속
총 4만 원
쪼개고 쪼갠 전광 같은 파편들
내 뇌수에 파바박

햇빛 찬란한 융단을 밟고
달빛 별빛 휘장 너머
아득히

바다로 간 엄마
노심초사 노잣돈 걱정 없이
고향산천 두루두루 끝없는
만경창파

사과나무

눈 큰 송아지 한 마리
마주치고 온 듯
이 밤
맑은 눈망울 점점이 박혀 있다
아파트 화단
사과나무 한 그루
이제 막 미성년자를 벗어난 듯
신분증을 해 달았다
파란 사과 익기도 전에
벌써 겨울이다
알아봐 줘서 고맙다고
오갈 때마다 인사를 한다
비로소 발견한
사과나무 한 그루
뽐내는 그 눈빛이

껌뻑이고 있다

텔레파시

어둠 속에서
반짝이는 거울,
신포동시장 입구 핸드폰 가게 앞

경쾌한 음악 속에
여학생들
무리지어 들꽃인 양
피어 있다

한때
저 틈에 끼어
지금의 내 모습을 넘겨보던 그날

만면의 미소
안도의 숨결
휘휘 걷어내고
나는 지금 여기에 닿았는가

들꽃인 듯 나풀대는

가슴을 열어
소녀 하나 텔레파시를 보낸다

그 나이엔 무슨 재미로 세상을 사시나요?

그날의 내 시선을
가슴에 받아 안고
버스를 탄다

버스의 불빛을 끌어당겨
흐린 책을 더듬는다
살다 보면 곳곳에 산재한 게 재미란다
한때 푸른 길을 관통하던 소녀야

저벅저벅 걸어
지척이란 걸
알게 된 지금
이제야 우리 둘이
텔레파시가 통했나 보다

주안 염전

파란 하늘 아래 개펄 가득하면

잠긴 발목 등 굽혀 하나씩 꺼내던 하얀 대합
푸른 갯지렁이 살아 숨 쉬던 그곳
파란 물 출렁이면 여기저기 낚시꾼들 모여들던 곳

흔적 없이 사라진 길 뱅뱅 돌아보며
안개 속에 쌓인 듯 아련한 굴다리 하나
실마리를 건져내 본다

한 줌 육신 안에 깃들어 물결치는 향연,
장강長江이며 그 장강의 일엽편주
어두운 밤하늘을 향해 난사하는 대공포對空砲 발칸 같
은 작렬이며
인간의 지성과 지식이 도달할 수 없는
'마음'의 펼친 화음, 파노라마, 주마등이여

조개 잡고 돌아오는 길
철둑길 옆 풀밭 사이

얼굴 묻고 숨바꼭질하다
풀독 올라 부풀어 오른 알몸

여기저기 긁어대는 어린 딸을 벗겨 놓고
햇살처럼 빛나는 소금
한 줌 비벼 주신 아버지

짠 소금 문지르며 염전을 비추는
아버지 눈빛
천일염天日鹽처럼, 아버지

바늘귀만 한 단서端緒
사십여 년 전 실마리에 꿰어내며
주마등을 밝히게 한 따뜻한 봄 햇살이여

정선 백운산

사람을 부르는 건 소리만이 아니다
달디단 칡꽃의 향이
바람 따라 솔솔 자연의 맛난 정취를 맛보게 한다

백운산 초입,

자연의 향에 취해 흠씬 들이마신 향기가
강원도 정선 땅 백운산을
코앞으로 인도해 바람 한 줄기 폐부로 길을 낸다

멧돼지의 길목 위로 찍어 놓은 발자국들이
길 위에서 길을 찾으며 내려오던 하산길
때론 짙은 클라이맥스로 내닫기도 하다가
칡꽃의 향기처럼
달디단 향이 되어 아스라이 나부낀다

환한 웃음이 얼굴의 근육을 아름답게 바꿔 놓듯
깊게 베인 코끝의 향기는
마음의 근육을 감미롭게 아우른다

내 인생 또 하나의 감각이
삶의 향기 되어 백운산을 향해
이정표를 제시해 준다

순명

거리마다 나무들의 축제
환한 등燈, 등의 물결
푸른빛을 밟고 밟아
한 생을 누리다가
자박자박 노을빛을 밟아 가신 아버지
살아가면서 스스로를 물들이는
나무들의 붉은 기도
황금빛 찬란한 벼처럼
저 고요하게 잦아드는 인자한 웃음
아름답게 앞서 가는 노인의
티내지 않고 배어나오는
온화한 인품처럼
저 고요한 함성
붉게 타오르는
거리마다 나무들의 축제
환한 등, 등의 물결
자박자박 아버지처럼

박살

지난가을,
관리소장 나오라며 경비실 유리를 깨던 경비 아저씨는
어떻게 됐을까?
아무 일도 없었다는 듯 평온한 유리창 속에
키 큰 경비 아저씨 어른거린다
가장의 절규가 배의 엔진 소리로 흩어지고
다시 잔잔해진 호수
삶이란 물살을 일으키고 떠나가는 배
세상은 늘 원위치의 호수
잔물결의 호수 저편엔 그 가을 경비 아저씨
은행잎, 단풍잎, 나뭇잎 폭풍을 뚫고 아득히 가신다

기른 정

차 안에서 뉴스가 흘러나온다
지난 1년간 두 배로 오른 것들이 하나씩 나열된다
휘발유, 파, 무, 금…
"금? 할머니 금반지, 목걸이, 팔찌도 많이 올랐겠네?"
재깍재깍 시계와 함께 빛나고 있을 유품
"엄마, 왜 그래, 할머니 금반지, 목걸이 절대 생각하지 마
나 죽을 때 함께 태울 거야"

차 안에서 뉴스가 흘러나온다

나 죽을 때 함께 태울 거야

4부

새 한 마리

새 한 마리 아득히 날고 있는 저 꽝꽝 얼어붙은 언덕 위
내가 갈 길이 보인다

갈 길이 멀어 기쁜 날
새 날갯짓에 힘 솟으니

치솟는 태양,

새는 날개를 찢어 하늘을 만든다
새의 날개는 하늘의 것이다

새의 날개는 하늘이다

새는 하늘이다

새의 길
나의 길

추억

흐르는 강물처럼 추억도 흘러간다
석류처럼 무화과처럼
단단하게 여문 이야기들이 주머니 속 보물인 양
하나둘 들어찼다가
닳은 노랫말 속에서 하나둘 별꽃처럼 되살아난다

흰눈 소복이 쌓여 가던 그 밤거리도
퐁퐁퐁퐁 솟구치던 물수제비 뜨던 저녁 어스름도
보름달 따라 걷던 하얀 언덕길도
별꽃인 양 환하게 되살아난다

차창 밖에서 하염없이 손 흔들며 서 있던
너의 눈동자 속에
우리의 청춘이 이슬처럼 담긴 채
갈대처럼 억새처럼 가을 빛깔 나부끼며 흘러가고 있구나

혼돈

안개 속에서도
나무의 숨결이 맑다

잿빛 각선미를 적나라하게 드러내고
맨손체조 중이다

얼키설키 뒤엉켜 굵어진 뿌리
쭉쭉 뻗어 맞잡은 인연의 고리가
맨땅 위에 포복해 단련을 엿보인다

보푸라기 하나 없는 가벼운 몸짓
떨구어낸 가랑잎에
온 산이 기름지다

온전하게 채웠다
온전하게 비울 줄 아는

벅찬 윤회

솔잎 끝에 매달린 이슬이
내 속의 소유욕을 물끄러미 꿰뚫는다

온전하게 채우고 온전하게 비워라
예리한 솔잎 끝의 영롱한 일침

안개 속에서
정신이 혼미하다

단단하게 무장되어
움켜쥔 내 손

결국 그 무엇도 덜어내지 못했다

삶

휘날리는 벚꽃
속눈썹에 내려앉아

향기 머금으며 서성대던 길목
비에 젖은 은행잎

바람 찬 노면路面 위로 노랗게
무리 지어 불 밝혀든 은행알들

빙판 위의 토네이도
하얀 발자국
소복소복 흰눈 쌓여 빛으로 스미는 길

돌고 돌아
또다시 벚꽃 날리겠지
뒷면을 알 수 없는 이 빛의 무한 지대

다만
첫 단추를 끼우는 오늘 같은 날,

생의 길목에서
주소를 박탈당한
뒷면의 혼백들을 초청해 본다

엉겅퀴 보라색 꽃 피워낸 자리
기억의 텃밭에서 함께 어우러져
나비춤을 추어 보자, 오늘 같은 날 가로등은
나비처럼 얼음에 나비

그림자는 꽃처럼

소다

설탕이 녹는
검은 국자
꾹 눌러 새겨진 형상들이
빙판氷板 위의 낙인烙印이다

바늘을 꽂아
결국은 미완성
숨죽이고 조심조심
돌아보면 가장 신중한 모습으로
꾹꾹 눌러 그렇게 새겨 놓은 발자국들

검은 국자 속에서 달콤하게 녹아 버린 집
새겨진 길들 위에서
서릿발처럼 일어서는 바늘들
그 빛을 따라
만리장성, 실크로드
찾아 나서 볼까

모여든 아이들 틈에
어른 얼굴 환하다

비움

음악에 취해 몸을 흔든다
표류하던
감정들이 뒤섞여
절묘한 기류를 형성하다가
클라이맥스로 점차 치닫는다

생의 발자취를 따라 옹이진 흔적들이
노랫말 속에서 나뭇잎처럼 매달려 펄럭이다가
초록의 향기를 퍼뜨리며
서서히 증발을 시작할 때쯤
새털구름이 온몸의 감각 속으로
나긋나긋 내려앉는다

수평선 저 너머로
너울너울 가볍게 날아오르는
빈 영혼을
솜사탕처럼 부드럽게 감싸 안는
햇살 한 점이었던가

너는

비전

만산홍엽 단풍이 머물다 간 자리
바람 따라 나뭇잎 맥없이 지고
서서히 붉은 기운 퇴색되고 있을 무렵
울산바위 계단이 시작되는 언저리 저 밑
산딸기처럼 숨어 내뿜던
한 그루 단풍의
서치라이트 같은 광휘

거울처럼 반사된 환한 그 광염에
보인다
날개 접은 어깨 위로
비스듬히 흘러내리는
평온을 가장한 체념 더미에 굴복돼 버린
늙은 영혼들

단풍이 진 무수한 나무에 숨겨져
산딸기처럼 싱그럽게 빛을 발하는
불타는 정열
웅크린 그대, 아직 그대 가슴속

시들지 않은
핵을 깨우라
단풍이 새싹이다
청사초롱이다
길을 밝혀라

엄마 마중

창문 너머로 하늘엔 뿌연 안개
목탄화를 그려 넣는다
안개만큼 뿌연 찻길에 서서
별빛처럼 다가오는 헤드라이트를 본다
띄엄띄엄 다가오는 차들
눈을 빛내고 다가서려면
어떻게 아시는지
아버지께서
내 기대를 잠재워 주신다

"저 차는 작은 차야
불빛이 밑에 있잖아"

만수동, 먼지 폴폴 피어오르던
새마을 버스 정류장엔
밤하늘 별빛을 보며
엄마를 기다리던
젊은 아버지와
나풀대던 나의

서성이는 그림자 하나

아득히 반짝인다

가을

어느덧 소슬바람 소슬소슬 팔목에 닿는다
팔목 위로, 내 시린 가슴 위로 오슬오슬

여기저기
이정표 잃은 거리
부유浮遊하는 영혼들

나그네여
그대의 발길 머문 곳이 어디런가

내쳐 걸어온 길
막다른 길목 위로
서리서리 뿌연 서리꽃

길목마다 하얗게
또는 환하게

엄마가 걸어온 길 한눈에 보이는데
어쩌란 말이냐

숨 가쁘게 피워내는 저 서리서리 서리꽃 다발

송림동에서 숭의동에서
아득한 그 골목길
옷보따리 머리에 이고 가물가물 건너오시는…

별빛 속에 흐른 날들

집 안엔 늘 별이 반짝인다
밤이면 초롱초롱 빛을 발하고
아침이면 아이 좋아, 아이 좋아 노래를 한다

커피포트의 물 끓는 소리
커피 없다는 말에 물 끓이던 아들의 눈빛
운무雲霧 속 수정水晶이다

"엄마는 컴퓨터 할 때 커피 없으면 안 되잖아요"
오늘은 개교 기념일
학교 가지 않는 날

어젯밤 떨어진 커피가
더욱 짙게 향을 낸다

나중에 마신다고 했는데
커피잔 속에 얼음 띄운 우유 한 잔이 놓인다

"커피 대신 이거라도 드세요, 엄마"

쏟아지는 별빛 속
어항 속 물고기는
별빛 속의 화초

장안산

세상이 아름다운 건 길이 있기 때문이다

그대에게 닿을 수 있는 소통이 있기 때문이다
나비 한 마리 날개를 접고 쉬고 있는 동안에도
끊임없이 박동하는 생명의 맥박

안단테, 안단테로 발걸음을 인도하는
부드러운 흙의 융단 위로
풀향기 가득 스민 한낮의 고요

길섶마다 존재를 드러내는 질경이처럼
발자국들 어우러져 만들어진 길목 위로 와 닿는
고요 속에서 숙성된 부드러운
공기의 감촉

허공 속을 유랑하는
잠자리 날개 위로
어머니 품속 같은 장안산 아우라 속에
살포시 펼쳐 놓은 의식의 푸른 깃대

벌과 나비 여치들 틈에서
가장 크게 정적을 깨우는 건 산 파리의 날개 소리
고향집 방에 온 듯 아늑한 꿈을 불러내 준다

교감이 선사해 준 삭지 않는 부드러움
포근하게 나를 감싸는 부드러운 영상 속에
오호라, 친구여
너와 너, 그리고 내가 풋풋한 풀꽃인 양 그림처럼 남
아 있구나

은빛 여울

지금쯤
잔잔한 햇살이 자욱이 스며들어 빛을 뿜고 있겠지
꽃가지 부푼 꿈이
살포시 내려앉은
소양강 줄기

온 천지 생동하는 기운들이
물결 따라 흘러들어
굽이굽이
여울져 흐르는
은빛 보석들

가만가만 주워담아
보석상을 열어 볼까
내 안 어디쯤이랴
보석이 빛나는 곳

얼어붙은 강 표면이 환하게 녹듯

햇살 고운 한나절
문 앞에 서면
잔잔한 햇살 따라 은빛 여울 입에 물고

윙윙
봄기운을 전파하는 꿀벌들의 메아리

시와 함께 걷는 길

책장 속에는 울창한 숲, 숲의 태산준령
생의 반짝이는 순간들이 채반에 걸려 그대로 말려진
잠든 숲 속의 공주들
박제가 되어
박제의 군단이 되어 이리저리 흩어져 있다

숲을 헤친다, 감기 초기 증상이
목으로 온다
타는 갈증으로 온다
약을 털어 넣고 무심코 마신 물
너무 뜨거워 혓바닥이 까칠하다
데인 듯한 혀를 입천장에 밀어 보며
손뼉을 친다

넘기는 갈피마다
무수한 시詩가
마른 나뭇잎으로 떨어져 바스러지고 내 속을
투과하지 못한 언어의 조합들이
갈대처럼 웅숭거린다

갈대 서걱이는 그 속을 헤치고 가면
여기저기 잠든 공주들
영롱한 눈동자
번쩍 눈을 뜬다
이 따끈따끈한 미로

추위 타는 내가
스스로
불 지피어 등 지져야 할 인생길
잉크가 필요한 펜촉처럼
진하게 새기고픈 매 순간
지금 내게
절실한 것은 무엇인가

잠시라도
이 헛바닥의 감촉만큼
단풍 한 잎 가슴에 새기고 갈 수 있는
바람이고 싶다
은은하게 불어오는

초원의 향기에
정이 이는 가슴
따끈히 쉬어 갈 수 있게 하는
여백이고 싶다

내 안 가장 맑은 곳 그 중심부에서
수초처럼 나부끼는
형체를 알 수 없는 길동무가
길목마다 내 눈망울
늘
아련하게 한다

숲에는
얼마나 많은 공주가 잠들어 있나

간이역

고요하나 고요하지 않은 도심의 아침
해는 바삐 걸음을 옮긴다
어느새 창밖 어둠이 짙다

산사에서 한 사흘 조용히 나부끼다가
문풍지 떨리는 소리에 귀 기울여
낮과 밤의 경계를 풀었으면 좋겠다

이쯤에서
한 사흘
쉬어가도 좋겠다
천인단애千仞斷崖에 함몰되어 공간을 유영하다가
다시 저벅저벅 시간의 경계 속으로 접어들면 좋겠다

밤이 또 밝아 오고
낮이 또 어둠에 물들 때
풀벌레 소리
한갓 꿈이라도 흐뭇하다

밀어

가로수 환한 잎새
발그스레 웃는다
밤길
아늑한 길
몽롱해진 잎새마다 가로등 불빛이 곱다
모기향 사러 나선
아파트 뒷길
다정한 빛에 취해
한 바퀴를 더 돈다
천공의 밀어들이
내 눈빛에 스민다

오호라, 내일 아침

더욱 붉어 있겠구나

해 설

어머니의 손길을 찾아 나선 여정

이 경 호(문학평론가)

유정자 시인의 첫 시집에는 모성에 대한 자취로 가득합니다. 「자서」에서 밝힌 대로 "긴 잠에서 깨어나 잠시 내 볼을 쓰다듬고 가신 어머니 손길"이 시인의 상상력을 뒤척이게 만들고 있습니다. 어머니께서 오랜 시간 병환을 앓으시는 동안 시인의 어머니에 대한 관심은 크게 요동치지 않았던 듯합니다. 마치 어머니가 긴 잠을 주무시듯 어머니에 대한 시인의 마음도 절실함을 놓아버리고 있었겠지요. 아직은 시간이 남아있다고, 어머니의 손길을 누리고 살 세월이 마냥 펼쳐져 있을 것이라고 마음을 느슨하게 풀어놓았겠죠. 그러다 어머니가 "긴 잠에서 깨어나 내 볼을 쓰다듬"던 순간에야 예감처럼 어머니 손길의 온기가 곧 스러질 것이라는 사실을 깨닫게 되었을 것입니다. 비로소 그 순간 시인의 생을 보듬고 지켜주었던 어머니 손길이 마음을 사무치게 합니다. 곧 잃어버릴 것이라는 그 순간의 허전하고 절망적인 느낌이 살아생전 어머니 생의 자취를 간절하게 부각시킵니다. 그리하여

마침내 어머니의 손길을 이승으로 보내고 난 후에 그 손
길의 자취를 찾아 나선 여정이 시집의 내역으로 아로새
겨집니다.

　어머니의 손길의 첫 번째 내역은 "이삭줍기"(『서시』)입
니다. 프랑스 자연주의 화가 밀레의 작품 〈이삭 줍는 여
인들〉을 떠올리게 하는 풍경 속으로 가난의 어려움을 견
뎌내는 어머니의 노동을 감당하는 손길이 떠오릅니다.
밀레는 농촌 풍경화에 등장하는 인물들의 얼굴 윤곽을
흐릿하게 가려놓은 반면에 손의 크기는 좀 더　확대해
놓았습니다. 가난한 삶의 조건 아래서 농사를 짓는 손의
역할이 소중해 보였던 까닭입니다. 그처럼 힘겨운 노동
에 종사하는 손길과 들러붙은 몸의 자태는 "동그랗게 허
리 말고 열중하던 여인"(같은 시)의 모습입니다. 그 여인
의 모습은 어머니의 생으로부터 가난을 감당해온 우리
조상들의 어머니 모습으로 확산되어 "해질녘/ 돌기둥에
앉아 신호를 기다리시는 할머니/ 허리는 굽고/ 주름진
얼굴"(『본능』)을 떠올리게 만듭니다.
　가난과 고통의 노역을 감당하는 손길의 배후에 도사리
고 있는 것은 당연히 모성입니다. 이삭줍기를 감당하는
모성의 세목을 들여다보면 다음과 같습니다.

　　모진 바람 그 강추위에 엄마 날아가며
　　긴긴 겨울 들녘에서

엄마는 내내 찹쌀벼를 찾아 논바닥을 헤매셨다
딸의 오랜 고질병엔
찹쌀벼를 태워 뜨겁게 탄 물이 그렇게도 좋다나
그해 겨울 내내
대야엔 온통 검은 물로 출렁거렸다

— 「세월 3」 부분

시적 화자인 "딸의 오랜 고질병"을 고치기 위하여 수행된 어머니의 이삭줍기, 어머니의 모성을 이끌어낸 대상은 "찹쌀벼"인데요. "찹쌀벼"라는 대상의 성격 또한 심상해 보이지 않습니다. 찹쌀은 멥쌀보다 찰집니다. 끈끈해서 떡으로 쪄먹기 좋은 찹쌀의 속성은 끈질긴 모성애의 성격을 닮았습니다. 그러니까 어머니가 아픈 딸을 위해서 찾아낸 것은 당신의 강인한 사랑이었습니다. 어머니의 사랑을 뜨겁게 태운 것, 그것이 바로 "찹쌀벼를 태워 뜨겁게 탄 물"인 것입니다.

찹쌀벼를 찾는 어머니의 이삭줍기를 눈여겨 볼만한 점이 또 하나 있습니다. 그것은 바로 이삭줍기를 허락해 주는 "들녘"입니다. 논바닥으로서의 대지, 일찍이 동서양의 신화에서 어머니의 상징으로 간주되어온 '대지의 정체성'입니다. 그 정체성을 노래한 시편을 살펴보겠습니다.

찬바람 무서리에도

아랑곳없이

길게 누워 잠자는 밭이

고른 숨을 내쉰다

씨앗을 품고

싹이 트고

튼실한 열매 가득 머금던 저 밭

다 내주어도 아깝지 않다는 듯

열정을 뿜어냈던 자리

－「무늬」 부분

　앞의 시편도 그렇고 방금 인용한 시편도 그렇고 하나
의 공통점이 시선을 사로잡습니다. 앞의 시편에서 "모진
그 강추위"와 이번 시편의 "찬바람 무서리"인데요. 모성
을 상징하는 논밭의 공통점이 가혹한 날씨의 조건으로
규정되고 있다는 점입니다. 모성의 전제조건이 이토록
가혹한 속성으로 제시된 까닭은 모성의 절실한 생명력
을 돋보이게 하려는 데 있습니다. 가혹한 기후 조건 속
에서 "씨앗을 품고/ 싹이 트고/ 튼실한 열매 가득 머금
은 저 밭"의 존재 성격이 그런 생명력을 입증해 보이고
있습니다. 그 생명력을 시의 화자는 "열정을 뿜어냈던
자리"라고 단정합니다. 생명력이나 열정은 모두 모성을
대표할 만한 속성입니다. 게다가 가혹한 삶의 조건을 극
복해내는 상황은 다음과 같이 변주되기도 합니다.

내쳐 걸어온 길
막다른 길목 위로
서리서리 뿌연 서리꽃

길목마다 하얗게
또는 환하게
– 「가을」 부분

이번에는 모성의 정체성이 색감으로 표현되고 있습니다. 가혹한 추위를 상징하는 "서리꽃"의 흰색이 바로 그것입니다. 서리꽃은 추위와 더불어 세파에 시달린 연륜을 암시하기도 합니다. 흔히 귀밑머리부터 내린다는 서리꽃이 그렇습니다. 어느 경우든 서리꽃의 흰색은 소멸되어가는 생명력의 자취를 대변해줍니다. 그런데 시의 화자는 서리꽃의 흰색을 "환하게"라고 단정합니다. "하얗게"가 "환하게"로 바뀌는 순간, 삶을 바라보는 시선은 다른 존재 가치를 열어줄 수 있습니다. 다시 한 번 모성을 구현하는 그 흰색의 존재 가치는 이런 참신한 이미지를 마련해 놓습니다.

그해 겨울
엄마가 헤매셨을
볏단 사이에서

찹쌀벼를 찾으시고 환호하신 그 모습이
쏟아지는 별빛
낭랑한 은하수다

-「세월 3」부분

모성의 시련이 모성의 환희로 바뀌는 순간에 피어나는 환한 색감은 바로 "쏟아지는 별빛/ 낭랑한 은하수"입니다. 환한 은하수의 색감이 갖는 비밀은 무엇보다도 "쏟아지는" 속성에 있습니다. 쏟아진다는 것, 그것은 바로 베풀어준다는 것입니다. 그것이 아무리 뜨거운 열정이라도 그것이 넘치는 생명력이라고 할지라도 그것이 자신의 품을 벗어나지 못한다면 환한 빛을 내뿜을 수는 없습니다. 열정이나 생명력이 환해지려면 무엇보다도 자신으로부터 남을 향해 쏟아지거나 뿜어져 나와야만 합니다. 그러므로 환한 모성이란 결국 '베푸는 열정'이요, '베푸는 생명력'일 수밖에 없습니다. 자신을 돌보지 않고, 심지어는 자신을 희생하면서까지 자식들에게 사랑과 생명력을 아낌없이 내어주는 마음가짐이 바로 모성의 가장 소중한 비밀입니다. 그것이 바로 환한 모성의 색깔입니다.

이제 화자에게는 불가피한 이끌림이 주어집니다. 홀리듯이 모성을 향한 이끌림으로 나아가는 과정이 전개되는데, 그 과정을 열어주는 관문은 "유리창"입니다.

흔들리는 촛불 너머
투명 유리창

… (중략) …

아침저녁으로
투명하게 딸을 보시려고
유리창
닦고 계신 내 어머니

—「유리창」 부분

　마치 심령술에서 접신하듯이 촛불 하나 켜놓고 딸이
어머니와 만나는 장면이 묘사되고 있습니다. 유리창을
격해놓고 이승의 딸과 저승의 어머니가 만나는 것 같은
장면입니다. 혹은 꿈에서 만나는 장면일 수도 있겠죠.
중요한 점은 "투명하게 딸을 보시려고/ 유리창/ 닦고 계
신" 어머니의 행위입니다. 유리창을 닦는다는 것은 물론
딸에 대한 어머니의 사랑을 확인하는 행위를 암시하고
있습니다. 그런데 어머니의 사랑을 유리창 너머로 투명
하게 확인하는 딸의 역할도 동시에 부각되고 있다는 사
실을 확인할 필요가 있습니다. 어머니의 존재를 투명하
게 확인하는 딸의 역할은 무엇보다도 그리움을 발동하
게 만듭니다. 그런데 그리움의 발동은 단지 어머니의 존
재를 넘어서 어머니의 어떤 역할까지를 따라가도록 이

끄는 힘을 발휘할 수가 있습니다. 그런 힘을 시의 화자
는 이렇게 표현하고 있습니다.

> 길목마다 하얗게
> 또는 환하게
>
> 엄마가 걸어온 길 한눈에 보이는데
> 어쩌란 말이냐
> 숨 가쁘게 피워내는 저 서리서리 서리꽃 다발
>
> — 「가을」 부분

　세월의 풍상이 빚어낸 "서리꽃"을 환한 "은하수"로 변
화시켜 피워내는 어머니의 역할, 자식에 대한 사랑을 아
낌없이 베푸는 모성의 길이 "한눈에 보이"기 때문에 그
길을 따라나서려는 의욕이 발동됩니다. 그 길은 이제는
가파른 현실에서 잃어가고 있는 모성으로의 회귀, 시원
始原의 생명력을 찾아 나서려는 의욕을 다잡게 만들기도
합니다.

> 나는 늘 먼 곳을
> 꿈꾸고 있다, 눈앞에 햇살 반짝이는
> 강이 흐르고 밤이면 하늘에서
> 별빛이 쏟아지는 곳,
> 미소 가득 피워내는
> 풀꽃 어우러진 산책로

나의 숨결이 아늑하게 번져 오는
그런 곳으로
어느 날 훌쩍
연어가 되어 거슬러 올라가는
이미 지나온 길

　　　　　　　　　　　　　－「원願」 부분

　어머니의 역할을 찾아 나서는 길을 연어가 회귀하는
것에 비유하는 표현 속에서 모성의 정체성을 자연의 근
원적 생명력을 되찾는 마음가짐으로 받아들이는 시적
화자의 태도를 읽어낼 수가 있습니다. 시적 화자를 비롯
하여 현대인들이 문명의 가파른 현실 속에서 상실해가
고 있는 자연의 건강한 생명력을 되찾으려는 의욕이 바
로 모성의 정체성이나 역할을 대표할 만한 것이라고 생
각하는 것입니다. 자연의 생명력을 모성의 정체성과 연
관시키는 작업들 중에서 특별히 시선을 사로잡는 것은
다음의 시편입니다.

　해질녘
　돌기둥에 앉아 신호를 기다리시는 할머니
　허리는 굽고
　주름진 얼굴엔 붉은 노을, 긴 그림자 흐르는데
　챙 큰 모자에
　커다랗게 둘러쓴 보자기

잡고 있는 핸디카에 어둠은 깃드는데
등 굽은 할머니
챙 넓은 모자 위에서
깃발처럼 보자기가 펄럭이고 있다

투망처럼 쳐 놓은 내 시의 그물 속
펄떡이는 은어 하나
뉘엿뉘엿 넘어가는 햇살 아래
음영화법陰影畵法처럼
순발력 있는 입체감으로 생을 노래한다

… (중략) …

길 건너
푸른 물줄기 뿜어 올려 휘휘 늘어진
수명을 알 수 없는 저 버드나무

— 「본능」 부분

  이 작품이 돋보이는 까닭은 하나의 선명한 이미지 때문입니다. 그것은 바로 "깃발처럼 보자기가 펄럭이고 있"는 이미지입니다. "해질녘"이나 "허리는 굽고/ 주름진 얼굴"의 할머니와는 전혀 어울리지 않는 역동적인 이미지이기 때문입니다. 낯선 이물감을 안겨주는 이미지의 배후에 비밀처럼 도사리고 있는 것이 바로 마지막 연의 "푸른 물줄기 뿜어 올려 휘휘 늘어진/ 수명을 알 수 없는 저 버드나무"입니다. 버드나무는 겉으로 보면 허리 굽은 할머니처럼 "휘휘 늘어진" 모양을 보여줍니다. 하지만 그 늘어진 모양이 "푸른 물줄기 뿜어 올"린 행동의 결과라는 점을 시인은 설득하고 있습니다. 더구나 "수명을 알 수 없는 저 버드나무"는 "해질녘"의 할머니처럼 무척이나 늙어 보이기까지 합니다. 그렇다면 시의 화자가 자연의 속성과 연계시켜 주목하고 싶어하는 모성의 정체성이나 역할은 육체적인 싱싱함이나 활력에서 비롯되는 것이 아닙니다. 더구나 시인의 시쓰기에서 "펄떡이는 은어"의 활력을 대표할 만한 이미지가 "뉘엿뉘엿 넘어가는 햇살 아래/ 음영화법처럼/ 순발력 있는 입체감으로 생을 노래"하는 것이라고 토로할 때, 시인이 겨냥하는 삶의 생명력이 영혼의 순수한 상태를 가리키는 것이라는 사실을 깨닫게 됩니다. 생을 놓는 마지막 순간까지 펄럭일 수 있는 모성의 정체성이나 역할은 그렇게 몸보다 오히려 마음으로, 마음의 밑자락 깊은 곳에서 발휘되는 영혼의 능력으로 감당해야만 하는 것이라는 사실을 시의 화자는 일깨우고 있는 것입니다. 그렇기에 "수명을 알 수 없는 저 버드나무"란 버드나무의 영혼을 가리키고 있는 것입니다. 그리고 버드나무의 "휘휘 늘어진" 가지란 바로 버드나무의 영혼에서 무성하게 뻗어 나온 사랑의 손길입니다. 시의 화자가 투명한 유리창 너머로 찾아내고 싶은 어머니의 손길, 그 자취인 것입니다. 시인은 그런 어머니의 손길을 찾아 나서는 여정이 "아직 완성되

지 않은 발자취"(『무늬』)라고 고백하고 있습니다. 그 여정
은 삶으로서도 시로서도 많은 대상들을 기웃거리고 방
황해야만 할 것입니다. 그 여정이 또 다른 산고를 겪으
며 모성의 새로운 결실을 만들어내기를 기대해 봅니다.